CAPRICCI SULLA JETTATURA

Gian Leonardo Marugi

Texte et illustration de couverture : © domaine public
Edition : Culturea (Hérault, 34)
Contact : infos@culturea.fr
Retrouvez notre catalogue sur http://culturea.fr
Imprimé en Allemagne par Books on Demand
Design typographique : Derek Murphy
Layout : Reedsy (https://reedsy.com/)

Dépôt légal : janvier 2023
Tous droits réservés pour tous pays

ISBN : 9791041843312

Invenire aliquid eorum, quae non dum inventa

sunt, et quod notum, quam occultum esse

praestat sit scientiae opus, et votum.

IPPOCRATE, De Arte

PROSA PRIMA

L'AUTORE, AVVERTITO, CREDE ALLA JETTATURA

Sí che mi avete fatto venire il prurito di abbatuffolar concetti, ed a rompicollo mettermi a schiccherare. Non sono due giorni, un mio e vostro amico mi ha portato il libro della Jettatura. L'ho divorato come gli affamati fanno di un boccon di pane. Lo credereste, mio signor D. Nicola? «Mirai appena, e tosto il furor presemi», né piú, né meno. A misura che mi sono avanzato nel leggerlo, m'ha sentito muovere nelle viscere un vespaio, ed invaso non so da qual estro come un matto ho gridato nella mia stanzettina: «Sí Signore, avete ragione: è cosí, è cosí senz'altro».

Volete sapere come mi è avvenuto? appunto come a quegli Arabi che, passati negli accampamenti di Pompeo, stordirono alla veduta de' torreggianti padiglioni. Non avevano quegli nella fantasia che ombre di querce, di abeti, di frassini; quando piú i torridi raggi sferzavano le inospiti foreste, non ricorrevano, per ristorare le aduste fibre, che ai verdeggianti ripari; or vedendo diversità sí grande, presi da meraviglia, qua e là gettavano i rapidi sguardi, per la qual cosa disse il Poeta:

Ignotum vobis arabes venistis in orbem

Umbras mirati nemorum non ire sinistras.

Non credete, pertanto, che volessi dire essermi venuto affatto nuovo il vostro argomento. Mai no. Una volt'anch'io leggeva, e leggeva daddovero; cosí non l'avessi fatto, che non mi troverei canuto prima del tempo, e vuota la borsa all'in tutto; basta, io so quel che mi dico.

E nelle mie lezioni m'imbattei piú di una volta nel fascino. Ma siccome appreso l'aveva per forma senza sostanza, parola senza concetto; cosí lo mirai in passando, ed a lungo andare mi rimasero le idee cancellate o neglette.

Non avendo adunque nella mia fantasia che aria, fiato, fibre, e per maggior mio malanno enti intelligenti, percezioni, idee, e mille altre cose che vennero in capo a quel benedetto LOCCHE, tutto mi parve nuovo, e pieno di maraviglia esclamai: tam aperta nescivi! Poffare il mondo! Io non ci credeva una maledetta. Jettatura? Ah, ridicolezza, buffoneria! Le azioni nostre sono le vere jettatrici: per ovviarle basta solo star nella sua, voleva dire, regolarsi a norma della ragion, della legge. Cosí la discorreva sin'ora. Quant'ero dolce di sale! Apprendeva il nome di fascino per nome vano e chimerico: niuna cosa mi sgomentava, e come se avessi le traveggole agli occhi, m'ho burlato sempre de' jettatori. Vi ringrazio, m'avete alla fine strappata la benda dagli occhi.

Celeberrimi jettatori co' loro malefici influssi infelicitano gli uomini ed attraversano le ben concepite speranze. Spiacemi essermene troppo tardi avveduto. Forse chi sà! meno disgrazie avrei corso, e vivendo tutt'occhi avrei schiato i sciagurat'incontri de' jettatori. Oh quante volte, caro amico, ne ho sentita la violenza, sino a correr pericolo di perder la vita! Qui non si burla. Le rapide occhiate date da me sul vostro libro m'han richiamato alla fantasia lunga serie de' casi accaduti tutti per la forza di quell'ignoto agente, che con grazia chiamate voi Jettatura. Cosí le mie serie occupazioni non m'impedissero di meditarci alla lunga, provar mi vorrei d'individuarne i fatti, analizzarne gli effetti, e stabilirne le cagioni; ma non mi è tanto permesso. Qualche celebre jettatore ha fatto sí che dovessi sempre in disagio, sempre in fatiche, sempre in serii pensieri aggirarmi.

Troppo piacevole mi si discopre l'argomento; cosicché mi ci sento rapire al solo pensarvi: ma qual colpa è la mia, se non posso spaziarmi a dovere? Se un giorno vincerò gl'influssi rei, che tuttavia soffro de' malnati jettatori, ripiglierò con piú agio il vostro argomento; ed allora sí, che vedreste forse eseguito piú di un vostro progetto. Ah! me ne avveggo in mal punto. Sono stato sin'ora bersaglio de' jettatori, e troppi, ahi, troppi lumi ho acquistato per poterne a mie spese parlare.

Vi basti questo per ora: si riduce a piccole riflessioni da me fatte alla sfuggita. Il plettro mio, che a balía della sorte lasciai appeso ad un pino, ripiglio in questo punto. Rauco tramanderà il suono: l'industre Aracne l'ha fregiato di tele: gl'impetuosi venti l'han ricoperto di polvere, ed il vorace tempo l'ha cariato sino al midollo. La mano che viene a temprarlo, o non fu mai destra, o mal'acconcia divenne. Qual dolcezza si può dunque sperare, qual armonia? Risolsi piú volte di non toccarlo giammai, ma pensando poi che fu mio una volta, son corso a svellerlo, ed a raffazzonarlo alla meglio. Voi che avete le orecchie a limati plettri avezze, compatite, vi prego, lo stridulo suono del medesimo. L'argomento è vostro: seguendo io l'istesso, non fo che ripennellare la tela, ed a guazzo gettarvi, come per azzardo, nuove riflessioni e capricci. I raggi, dopo ravvivati gli esseri mondani, vanno di nuovo a perdersi nell'immenso seno del luminoso pianeta. Queste riflessioni uscite, come da voi, a voi stesso in altra foggia ritornano, e come le scarse acque all'immense si uniscono, cosí questi ai vostri pensamenti si accoppiano.

CAPRICCIO I

Non è già la Jettatura

Una larva, una chimera,

Come l'uomo si figura,

Cui fa notte pria di sera;

È reale, e l'ha provato

Un insigne letterato.

Noi sentiamo in tutte l'ore

Il valor di tale agente;

Spesso mancaci vigore

Per colui che c'è presente,

E talora se ci guada,

Ritrovandoci per strada.

Quel che piú fa meraviglia

È vedere che la sorte

Volgan anche colle ciglia,

Se le fan severe e storte,

Questi marci forsennati

Jettatori sciagurati.

Vedi tu che dalla grazia

Del Sovran cade colui?

Forse credi la disgrazia

Provenir da fatti sui?

Non è ver, la ria caduta

Da quell'occhio è provenuta;

Da quell'occhio che ripieno

Di furor invido e rio

Cogli sguardi di veleno

Quell'oggetto ricoprio,

Onde gito al Re d'innante

Li divenne disgustante.

Quel mercante sen va giú,

Piú non frutta il suo negozio,

Che provenga, credi tu,

Dal volersi stare in ozio?

Non è ver, non è cosí:

Jettatore lo colpí;

Collo starvi sempre a canto

Il veleno l'attaccò,

E passando per il manto

Fin nel seno penetrò,

Diffondendosi pe 'l core,

Tolse a lui spirt' e vigore.

Ecco là quel letterato,

Nella polve sta sepolto,

Voglio dir ch'appena fiato

Se li vede in su del volto:

Ei combatte coll'inedia,

Né vi sta chi ci rimedia;

Uomo pur di tanto merto

Non si cura, o si pospone?

Chi saprà di tal sconcerto

Dir la vera sua cagione?

Eh, la so, la so ben io,

Non è l'astro, e non è Dio.

Quel maligno jettatore

Ha ripiena l'atmosfera

Di malefico vapore,

Che in mirabile maniera

Riflettendosi, vi muta

De' potenti la veduta.

Mira pur quel cavaliero,

Com'è pieno di coraggio!

Trova tu nell'emisfero,

Se potrai, altro piú saggio;

Giace questo anche negletto

Per il guardo maledetto.

Ecco là la bella Fille,

Quanti pregi in sé raduna!

Quelle placide pupille

Son bersaglio di fortuna;

Collo sguardo l'avvelena

Quella turpe anfesibena.

Che dirai se fin le carte

Nella man ti muteranno?

A guardar se mai ti stanno

Questi perfid' in disparte,

La partit' hai già perduta,

Non ti val ortica o ruta.

Come vada quest'imbroglio,

No 'l comprendo certo, affé.

S'empie il mondo di cordoglio,

Né si può saper perché.

Quegli disse che si' agente

Ora occulto, ora patente.

Ma, di grazia, li domando,

Perché mai se dieci o sei

Egualmente stan giocando,

Solo a tre gl'influssi rei

Di nemica immonda bestia

Recar debbano molestia?

E via su, lasciamo ancora

Questo punto senza dote:

Figuriamo che tutt'ora

Come il raggio che percuote

Terso specchio si modifichi,

Dagli oggetti si specifichi.

Si conceda di vantaggio

Un incontro di vapori;

Creda pur, se vuole, il saggio,

Che s'uniscan al di fuori,

E per cert'antipatia

Si corrompino per via.

Che, perciò! dirai che 'l dado

O la carta si scomponga?

Pensi forse che di rado

Quel vantaggio si disponga

Perché solo il vapor tuo

Torna in te, con quel ch'è suo?

Ben comprendo che quel tale

Su del fisico cagioni

Coll'afflusso suo bestiale

Languidezza e pedignoni,

Ma non già com'egli possa

Gir lontano piú dell'ossa.

Ecco dunque l'argomento,

Ch'a trattarlo come va,

Lo confesso, mi sgomento,

È difficile, si sa.

Pur dirò diverse cose

Che l'amico non espose.

LA JETTATURA SI DIVIDE IN FISICA E MORALE

Voi gentilissimo mio signor D. Nicola, ottimamente divis'avete la jettatura in patente, ed occulta. Ma quanto difficile cosa è incontrarla con tutti! Di primo abbordo, mi sembra che nulla di piú voi dite nella occulta di quello volete esprimere nella patente. Guard'Iddio che volessi qui farla da pedante; sono cosí annoiato da questo fare, che mi caccerei il capo nel forno prima di sentire simili bazzecole. Solo dico che la patente essendo quella di cui se ne intende la cagione, come dite, senza conoscerne la maniera colla quale opera; e l'occulta quella la cui cagione s'ignora, pare che dovessero poscia scaturire da diversa sorgente. Voi fate derivare la patente dalla fisonomia degli uomini, dall'antipatia, dalla fantasia agitata, dall'aspetto, dal discorso, dallo sguardo, dagli effluvi che si dipartono da un corpo. Tutto bene, e conveniamo a meraviglia. Come riduciate poi l'occulta ad un effetto prodotto da quella signora Ciarliera, come stridula gaza, che l'ordine converte e produce il cambiamento alle carte è, per parlar franco, quello che non comprendo. Voi con accortezza somma avvertito avete la diversità che passa tra cagione meccanica e cagione fisica: con sano criterio ci avete prevenuti che ignoriamo il modo con cui questa operi: e quando, parlando dell'occulta, diceste che tutto sia legato ad una fisica causa, credo che intendeste dire nulla piú nulla meno di quello ci additaste parlando della cagione fisica della jettatura patente. Può darsi, che io qui travedessi all'intutto, e perciò sviluppiamone l'idea per esser certi del risultato.

Io non intendo per cagione se non quello che immediatamente produce l'effetto, e che non ha bisogno di altro per menarlo all'esistenza. Se voi sarete meco d'accordo, ambo ignoreremo la cagione non meno dell'occulta, che della patente jettatura. Sarà allora una modificazione da non determinarsi giammai. Se poi per cagione intendiate ciò che ha la possibilità di produrlo, come pare che inteso avete, si riduce allora a principio. Come tale sarà nota e l'una e l'altra cagione. Alla veduta de' jettatori si disturba l'economia animale, si perverte la fantasia, si disordinano le nostre azioni: alla medesima veduta si perverte l'ordine alle carte, s'invizziscono le piú liete speranze, ci piombano sul capo i piú formidabili disastri. Chiamate quella jettatura proveniente da cognita cagione, che opera in un certo non conosciuto modo; questa occulta, cioè da cagione non nota, ed in una ignota maniera operante. Di grazia, quale ne sarà la differenza? I principi di ambedue noti sono abbastanza, il modo o non si conosce, o può legittimamente confondere. Perché differirle dunque, mio caro amico, dalle produttrici cagioni, se s'ignorano affatto o sono le medesime?

Io, che cosí la discorro, prendo diversa direzione. Vedo con imperturbabile costanza effetti incredibili prodotti dalla jettatura. Ed ecco d'onde mi diparto. Molti di questi osservo negli enti fisici, molti negli enti morali. Molte volte la jettatura va per diretto a colpire le proprietà che scopronsi nella sostanza corporea, e che dipendono da disposizione particolare delle sue parti; molte altre va a segnalarsi ne' moti, nelle regole, e nelle misure, che possiamo francamente dire degli atti della volontà, sia questa degli affascinati o di chi contribuir possa a vantaggio de' medesimi. Se per forza di jettatura io mi dimagro piú di quello che mi sono, mi disturbo nelle funzioni, mi altero, languisco, m'infermo, soggetto della medesima ne sono le qualità del mio corpo; cosí non altrimenti se si aprono i cieli, cadono le piogge, si scatenano a mio danno li venti, scopo della jettatura ne sono gli enti fisici. Ma se poscia si sconcerta l'ordine della mia sorte, in quanto si ha riguardo ai beni persistenti generati nel giro delle cose, allora non è diretta che alla volontà mia, in negligentare quelle azioni che vantaggiose mi sarebbero, o alla volontà di coloro che potrebbero beneficarmi e migliorarmi lo stato. In questo senso dunque, se diritto miro, la jettatura non colpisce che gli enti morali. Ed ecco, mio gentilissimo signor Don Nicola, il motivo che mi discosta da voi, e mi fa dagli effetti considerare la jettatura, e come jettatura fisica, e come jettatura morale:

Agnoscant si quid peccavero stultus amici.

CAPRICCIO II

Via su considera

Nel doppio aspetto

Il deleterio

Maligno effetto.

Quello già turbasi,

Il color muta,

Di qualche perfido

Alla veduta.

Questo sconvolgere

Vede i disegni,

S'alcuno guardalo,

Lo noti, o segni.

Se vuoi comprendere

La ria cagione,

Fa ne' princípi

Tu distinzione.

Quell'è pestifero

Lento veleno,

Corr' al piú solido.

E resta in seno.

Quest'è piú mobile,

Tutto simile

Al fuoco elettrico

Corre al sottile.

E qui sovvengati

Che i movimenti

Fatti con impeto

Son piú possenti.

Se di quell'empio

Agili e presti

Saran gli orribili

Atti molesti:

Sen vanno rapidi

I rei vapori,

E allor producono

Maggior languori.

Piú dentro spingere

Ben sai ch'il chiodo

Si può, se ponesi

In retto modo:

Dunqu' i pericoli

Maggior' in quelle

Potrai tu scorgere

Che son piú belle.

E se conservano

Senn' e virtute,

Saranno gli uomini

Senza salute.

Che quivi in genere

I sguardi sono,

E qui dirigesi

De' dett' il suono.

Quand'era bambolo,

Spess' in Atene,

Che lasciai tenero

Le patrie arene,

Udiva in dispute

Ridir ch'ammorza

Un forte ostacolo

Qualunque forza.

Vedrai se gracile

Sarà d'aspetto

Venir sensibile

Allor l'effetto:

Colui la morbida

Fiorita guancia

Fa a Nice perdere

Se un guardo lancia;

La madre debole

Vedrà la figlia

Vecchiaccia fetida

Se in man la piglia.

Ninfe guardatevi

Da' jettatori,

Vi faran perdere

I bei candori.

Si vide Fillide

Toglier con duolo

Beltà mirabile

A un guardo solo.

La bell'Aglauro,

In nodo avvinta

Ad un malefico,

Rimase estinta.

Io cose dicovi

Ben manifeste,

Ninfe, guardatevi

Da questa peste.

PROSA TERZA

ESISTENZA DELLA JETTATURA MORALE.
PRINCIPI ED EFFETTI

Questo sí, che mi fa voltolare il cervello come un molino! Dunque la jettatura ha da colpire la volontà degli uomini, ha da sistemare le azioni umane, ha da dirigere in siffatta maniera gli accidenti, che qualche discapito arrecar debbano agli affascinati? Per Bacco, che se una infinità di fatti irrefragabili non me la dimostrasero piú certa de' baffi de' musulmani, io mi dichiarerei all'opposto, stando piú duro degli ebrei medesimi. Voi, mio signor D. Nicola, l'avete sperimentata tale, ne avete scritto, ne siete persuaso; io, benché fui sin'ora eretico, come dissi, mi dichiaro convinto, pentito all'in tutto, e fedele seguace di chi scrisse que' libracci comperati da Gellio ne' Brundusini lidi, piú che non sono i domenicani di Aristotile. Credo, e fermamente credo, che siavi una forza insita negli uomini di agire a vicenda e regolare le azioni loro, non meno che regolati vengono i moti de' pianeti della gravità che conservano. E chi sa che i tanti inviluppi alla giornata insorti a mio danno, provenienti tutti o dall'altrui volontà, o dalla mia non risoluta, e se risoluta non eseguita, principio non prendano da tremendi jettatori, che co' malefici influssi o fanno me travedere, ovvero, operando, gli altri a danno mio dispongano?

Temo, e forte io temo, che una stregaccia informe, la quale per disgrazia mia sta ritta sempre come un fuso rimpetto la mia loggia, me la stesse in tutte l'ore a jettare. I disastri che a fascio piombano sul capo mio me lo danno chiaramente a vedere. Non sono tre mesi che questa bestiaccia immonda mi cova, ed ho perduto senza colpa la grazia della mia Nice, la corrispondenza di un amico che poteva giovarmi, le speranze su d'un interessante affare, e per maggior tracollo è fuggito di notte da mia casa, col figlio e la moglie, il mio servitore, lasciandomi in asso e coll'obbligo di rifare alle truffe che mi ha fatte il medesimo. Si può combinare di peggio? Piú volte bestemmierei come un rinegato quel punto che venni in questa casa, ad incontrare sí fetida arpia che piacere ha di starmi ogni momento a guardare. Ed oh quante volte ripeto:

… perché non mi ruppi il collo

Quand'io mòssimi a far questa pazzia?

Era meglio per me l'ultimo crollo.

Cosí è. Gran potere ha la jettatura nell'ordine delle cose! Svelle, rovina, porta seco i vantaggi altrui piú che il turbine non fa delle piante: colpisce, precipita, riduce in polvere piú che i fulmini non fanno degl'individui su' quali piombano. Oh quanto giusta e desiderabile cosa sarebbe che il Governo prendesse le rette misure per iscoprire i jettatori e, come si faceva un tempo de' calunniatori, li bollasse con un ferro infocato per avviso de' riguardanti:

Né sia chi lor facci la scusa,

Che gli atti non fur bei, disse la volpe

A quei che la mostrar dov'era chiusa.

Ma voi pensate a proposito; chi non crede alla jettatura, si diletta della medesima: lo ripeto anch'io, e lo ripeterò di continuo. Que' saccentuzzi, che, accavalciando le gambe, sbruffano da per ogni parte, e sputando tondo chiamano noi creduli e superstiziosi, o sono marci jettatori o, sollevandosi a guisa di palloni, credono non esservi cosa di piú, oltre la loro veduta:

O curvae in terra animae, et caelestium inanes!

Chi ardirà confinare fra stretti limiti la natura? Chi vorrà essere cosí stolto di credere tutto spalancato a' suoi piedi? Chi potrà negare finalmente il flusso e reflusso del mare, l'attività del fuoco su de' corpi, la tendenza della calamita al ferro, l'affinità de' liquori, l'esistenza del moto, le precipitazioni, le fermentazioni nelle misture, cento e mille altre cose che osserviamo, sperimentiamo, tocchiam con mani, e ne ignoriamo le cagioni? Qui siam d'accordo, mio caro amico, e lo siamo a meraviglia. La brevità della nostra mente non ci lascia penetrare gli abissi ne' quali è la natura involuta. Noi ci troveremo sempre:

Com'uom che per terren dubbio cavalca,

Che va restando ad ogni passo, e guarda.

Vi ricordarete voi, mi ricordo io, e questi barbagianni che negano la jettatura, D. Paolo Moccia nostro concittadino. Egli si equilibrava cosí bene nell'acque marine, che dalla sola natura guidato galleggiava nel mare come un sòvero. Voi senza dubbio avrete letto del Colapesce, nato nel Molo piccolo, e come altri vogliono in Messina: a detta di Alessandro d'Alessandro, era stato dalla natura formato colle squame sulla pelle a simiglianza di pesce, per la qual cosa detto fu Colapesce. Or questi faceva de' lunghi viaggi per mare senza mettervi alcuna industria o arte; guizzava appunto come i pesci. Vi morí finalmente nel Faro di Messina, divorato, come dicono, da fiere marine. Quanto se ne dové dire allora! Quanto se n'è detto in questi ultimi tempi! Lo rimembrate? Chi in tanto ne ha scoperta la vera cagione? Niuno per certo. Sarebbe lodevole di negare il fenomeno, che ad occhi veggenti si vide? E sarà giusto negare la jettatura morale, che tutto dí sperimentiamo, quando anche non se ne penetrasse la cagione? Sarebbe stranezza, ignoranza, pazzia. Regola, mi si permetta dirlo, regola, la jettatura, i nostri movimenti, e sino la volontà medesima. Voi per altro ne siete persuaso; non lo sono però questi nostri barbassori. Permettete che per un momento mi distaccassi da voi, e col lume chiarissimo della filosofia facessi loro vedere esservi:

«In vacuo basiliscus antro».

CAPRICCIO III

Su n'andiamo al metafisico,

Che vedest'insino ad or,

Quanto mai possa nel fisico

Il malefico vapor.

Quel cervello palpitante

Il soggetto ne sarà;

E l'effetto stravagante

Solo lí si scoprirà.

Vuoi veder se dico il vero?

La tua lente prendi su,

L'accompagna col pensiero,

Se vorrai veder di piú.

Quell'imbroglio vascoloso

Ha nel mezzo un non so che:

Che sia germe luminoso

Ha creduto un uom di fé.

Egli s'agita, si schiude

E s'accende; non si sa

Per qual magica virtute
Si diffonde qua, e là.

26

Quelli fili ben sottili,
Che natura li formò,
Son canali tutti eguali,
Per quel lume che creò.

Vedi tu, che convergenti
In un punto van finir?
Là co' moti lor lucenti
Son la mente ad avvertir.

Alto qui, per ammirare
L'esattezza che vi sta:
Un potere singolare
Ha la mente su quei là.

Ad un "voglio" ferma e move,
Li scompone tutti ancor;
Ad un "voglio" spinge altrove
Quell'elettrico vapor.

Il cervello è cosí fatto:

Può que' tubi assomigliar,

Come accendons'in un tratto

Se si vanno ad accostar.

Può cosí per forza ignota

Su dell'alto fare azion:

Basta sol che si percuota,

S'elettrizzi a perfezion.

Questo fa l'invidia rea,

Questo fa lo rio furor

Quand'accendesi l'idea,

Il cervello è tutto ardor.

In un'attimo si parte

Dal suo centro quel non so;

Da per tutto si disparte,

E frenar piú non si può.

Son le voci, son i gesti,

Sono i sguardi del voler

Tanti mezzi, tanti appresti,

Che lo guidan a piacer.

Se mai vanno ad un diretti,

Per l'analoga virtú

Lí scompongono gli affetti

E li tiran tutti su.

Ecco là, che quel potente

Non si sente piú tirar

A quel placido sapiente,

Che la corte li sta a far.

Il malvagio jettatore

Gli ha attaccato il suo desir,

Fa co' sguardi di furore

Le speranze inaridir.

Ma la cosa sorprendente

Veramente sai qual'è?

Si rivolta il paziente

Colla mente contro sé.

Il meschino piú che mai

Si vorrebbe annichilar;

Si figura che sol guai

Ei si venga a meritar.

Ah, l'effetto è di quel guardo

Che lo svolse e l'investí:

Assai piú ch'acuto dardo

Nel cervello lo colpí:

Questi effetti, mi figuro,

Nelli tempi di Mosè

Provenienti da scongiuro

Si credèro forse, affé.

Sono tutti naturali

Per i baffi del Muftí.

Gli producon que' cotali

Che la jettan tutto il dí.

POTERE DELLA JETTATURA SU I VENTI, LE TEMPESTE, I FULMINI E LA GRAGNOLA

Vedete quanto mi son dichiarato del vostro partito. Credo alla jettatura, sostengo che tenga un assoluto potere sui i moti dell'animo, ed intendo di piú provare, con una filza di sillogismi in barbara, che possa dominare fino sopra gli elementi. Voi al certo me la menarete buona, ma que' grugni propri da effigiar ne' bronzi mi manderanno a mattarelli. Poter di Satanasso! Colpir l'aria, far cadere la gragnola, accendere i fulmini, far venire a diluvio le piogge! Cose sono, che chi non ha sperienza de' naturali effetti rotondamente me le niega su' mostacchi. E dovrò dire con Omero:

Πόλυδάμσασμοι πρῶτος ἐλεγχεὶην ἄναθήσει («Fra quei, che taccia mi daranno e biasmo, / Certo sarà il primier Pulidamante»).

Non vi curate sapere chi sia costui; è meno di quei che voi chiamaste sorci, tignuole nella Repubblica delle lettere, è uno di que' saccentuzzi, che con poco capitale far vogliono una ricca comparsa, e forse... chi sa! uno di quei che me la stanno a jettare.

Ma torniamo a noi; dico adunque che questi maledetti jettatori scompongono fino i cieli a nostro danno. Permettetemi che saltassi fuori colla musa di Giambattista Marchitelli:

Io non vi narro qualche iperbole; anzi

Cosa vo' dir, la quale ha faccia, è vero,

Di quelle che si contan ne' romanzi.

Ma è certa, com'è certo che l'intiero

È maggior delle parti ultime o prime,

E certo ancor ch'il sanguinaccio è nero.

Udite che mi avvenne nel penultimo viagio, che io feci da Manduria, mia patria, o come vuole uno de' nostri piú distinti letterati, da Mandorra, per la Capitale.

Veniva di compagnia con un cavaliere leccese mio amico Tutto ci era propizio, benché nel cuor dell'inverno godevamo quasi una novella stagione. Giunti appena in Ordone, notissima osteria, e memoranda a' viaggiatori per l'empio trattamento che ne ricevono, c'imbattemmo in un frate, che ho scoperto dapoi vero jettatore. Lo potrete credere? Tutto cangiò d'aspetto. Si annuvola il tempo, cadono a dismisura le piogge, si gonfia il fiume che si doveva traghettare, siamo costretti prender la guida e passare per il ponte di Ascoli: si scatenano i venti, ci rompono il cristallo del carrozzino, comincia a nevigare, e la neve ci accompagna sino ad Ariano. Quivi poi... basta; fu tale la forza della jettatura, che per poco io non vi rimasi estinto ed il mio compagno accagionato per sempre. Non parlo poscia dell'accadutomi in altre occorrenze; ogni qual volta per qualche interessante affare mi è convenuto portarmi a Caserta, ho veduto sempre il tempo della morte di Giulio Cesare. Ed ho detto col Lirico Poeta:

Già pur assai di gelo

E grandine spietata

Giove qua giú precipitò dal Cielo.

E con destra infocata

I templi co' suoi fulmini abbattendo,

Pose all'alma Città spavento orrendo.

Pose in terror la gente,

Che le gravose etati

Non tornasser di Pirra egra e dolente

Pe' mostri inusitati,

Quando prese a guidar Proteo guizzante

Su gli alti monti il gregge suo natante.

Or chi sarà capace di persuadermi il contrario? Io per me sosterrò sempre, piú che i tomisti non fanno delle forme sostanziali, che la jettatura abbia potere fin'anche sugli elementi, né mi smarrisco in provarlo.

Ma mentre mi trattengo a cicalare,

Lettor, di grazia, aprite le finestre,

Che m'è venuta voglia di volare.

CAPRICCIO IV

O somma Dea dell'etere,

Leggiadro amor di Giove,

Per cui le piogge cadono,

L'aer si turba e move;

Tu ch'a' tuoi piedi accendere

Vedi gli a noi funesti

Sanguigni lampi, e i fulmini

A tuo piacere arresti;

Tu che gli eterei spazii

Col cocchio tuo gemmato

Tutti percorri rapida

Dall'uno all'altro lato;

Sí, tu, cui omaggio prestano

I cristallini fonti,

Acciò le masse argentee

Colin dagli alti monti

A' pavoncelli celeri

Rallenta il dubbio morso:

Il carro tuo volubile

Sospend'in su del corso.

Deh, fa per poco immobile

Questo tuo vasto impero,

Fa che 'l mio guardo rendasi

Conoscitor del vero

Fa pur... Ma oimé, che scoppiasi

Da manco lato un tuono!

Ah, le mie preci giunsero,

Esaudito io sono.

Vedo... Che mai presentasi

Agli occhi miei veggenti!

Son quest'i neri turbini,

Son le tempeste, e i venti?

Vedo globetti lucidi

Che galleggianti vanno;

Se gli uni agli altri accoppiansi

In piogge a cader vanno.

Vedo che scossa l'aria

In questa parte o quella,

Impetüosi destansi

I venti e la procella.

Vedo che parti elettriche

Sparse nel vasto seno

Del ciel, cozzando formano

I tuoni ed il baleno.

Ah, jettatori perfidi,

Or vi comprendo a volo:

Potete voi scomponere

E l'uno e l'altro polo.

Se quel vapor malefico

Che ad or ad or gettate

Urta gli acquosi globuli,

Di pioggia il ciel votate;

E se diparte l'aere

Quella maligna peste,

Vengon allora i turbini,

I venti e le tempeste.

Vostro vapor fulmineo

Se fra le nubi arriva,

E lampi e tuoni e fulmini

In un sol punto avviva.

Oh Dio, chi mai ci libera!

Da lor chi me disgiunge?

Fuggo... Ma già non giovami,

La jettatura giunge.

PROSA QUINTA

LA JETTATURA COLPISCE PIÚ UNO
CHE UN ALTRO SOGGETTO

Vi sarà ragion di credere che la jettatura colpisca piú uno che un altro soggetto? Aggiungete, gentilissimo amico, ai vostri bei progetti quest'altro. Veggo Polipio piú che Panfilio e Cervicone, traviato, disturbato, infettato, in una parola affascinato. Non mi sento punto inclinato a credere, che maggior numero di jettatori per accidente li stieno sempre a dar di fronte. Sono nemicissimo del caso: starei per strappar la barba a Democrito, Epicuro, Lucrezio, ed a quanti dello sporcissimo gregge vogliono farlo autore dell'universo. Sono pazzi, e pazzi daddovero, coloro che cosí la discorrono. Non meno pazzi però saressimo noi se volessimo framischiarci col caso, e dire qui che un accidente, una combinazione, un caso faccia risguardare uno piú che un altro dai malefici.

Voi da filosofo qual siete pensaste che tutto legato sia ad una cagione; né vi sarà, cred'io persona di sana mente che vel possa negare. La jettatura che voi chiamaste patente, ed io fisica, può molto bene, piú che in una, in un'altra persona attaccarsi, e produrre sensibili effetti per l'antipatia delle parti, come voi avvertiste, o per la disposizione che incontra, come io accennai. Ma quella che ha dell'occulto, del sottile, del morale, per quale particolar cagione dovrà dirigersi sempre verso certi individui, che colle di loro azioni le vanno all'incontro? Ed ecco il progetto che a voi propongo. Siamo certi che accada ciò nell'ordine delle cose; questi, che mena una vita scioperata ed in braccio alla deboscia, si vede acclamato, esaltato, distinto, quegli, che vive circospetto e moderato, si mira negletto, depresso, avvilito; questi vede le cose sue andarli tutte a seconda, quegli tutte al rovescio; là sguardi benefici, gioviali, amabili, che ravvivano, qui sguardi maligni, avvelenati, perversi, che rovinano. Quegli in mezzo al fuoco piú vivo non s'intacca una scintilla, questi ad una sola scintilla arde, brucia, consuma. L'invidia può molto bene partorire pregiudiziali effetti, ma non s'invidia che chi nuota negli agi, nelle ricchezze, negli onori. La virtú tira a sé gli sguardi altrui: ma quei che vivono negletti affatto ed appena noti a se stessi, perseguitati si vedono talora fino dagli stessi elementi. Da che vivo non me n'è venuta una buona. Le diligenze, le circospezioni, le fatiche mi hanno servito un frullo. Ho veduto sul meglio inaridire le mie piú fondate e liete speranze. E posso dire:

Nescio quis teneros oculus mihi fascinat agnos.

Che credete! Il Clementissimo nostro Sovrano (D. G.) con replicato dispaccio pare che data avesse su di me una placida occhiata. Questa Real Accademia delle Scienze mi ha sommamente onorato con rappresentare al Re nostro Signore i miei talenti, qualunque sieno, e le mie fatiche meritevoli di essere dalla M. S. riguardate, premiate e protette, come ancora da chi ha spirito patriotico. Credete voi, per tanto, che a contemplazione di sí favorevole rappresentanza, nella quale ha voluto questa letteraria adunanza farmi quegli elogi dovuti solo agli uomini di valore, che non son io; e piú che mai a riflesso della clemenza di un munificentissimo Sovrano, propenso tutto a vantaggiare le lettere e chi con tutto lo spirito ci si consacra; credete, dissi, che me ne venisse vantaggio alcuno?

Lasso! non di diamante, ma d'un vetro

Veggio di man cadermi ogni speranza,

E tutti i miei pensier romper nel mezzo.

Tanto è. Vengo da gravissima jettatura aggravato, e starei per dire che senza una mano piú che superiore non mi possa io liberare dalla medesima. Piú volte, riandando col pensiero le cose mie, con meco stesso alla pittagorica esclamo:

Πῇ παρέβην τὶ δ'ἔρεξα, τὶ μοι δ'ἐον... ἐτελέσθη («Che cosa ho fatto, o non ho fatto, quando / Doveva io farla, o in che ho passato il giusto?»).

Chi sarà dunque che mi dasse ad intendere che a caso m'imbattessi io sempre in un numero maggiore di jettatori, o che questi fossero i piú celebri ed empi? Niuno per certo. Aggiungete di piú. Vedete voi quel virtuosissimo uomo? egli è ammirato per la dottrina, distinto per il talento, amato pei costumi; intanto non può spuntare una via: quale ne sarà la cagione? Applicatevi, caro amico, ed applicatevi di proposito a scoprire col lume superiore della vostra filosofia il cardine dell'immensa mole che si erge a danno degli uomini. I vostri talenti, la vostra dottrina, l'esattezza vostra nella perquisizione delle cose, mi fanno sperare dilucidato il dubbio, eseguito il progetto, e svelata la cagione. Io principierò l'edifizio; rimane a voi di perfezionarlo. Io darò pochi lanci su l'argomento; voi dovrete esaurirlo.

CAPRICCIO V

Perché quello

Furfantello

Tutte l'ore

Jetta là?

Dite, dite,

Mio Signore,

La ragione

Vi sarà.

Forse forse

Perché bella

Là la cresta

Vede alzar?

No, ragione

Non è questa

Che mi possa

Soddisfar.

Forse dite

Che là sia

A dovizia

La virtú?

41

La tristizia,

Gioia mia,

Dunqu'oggetto

Mai ne fu?

Che là sbuccia,

Qual cannuccia,

Certo grato

Non so che?

Ah, tacete!

Saria stato

Gran peccato

Jettar me.

Vi pensate,

Dite il vero,

Che fu forza

Di voler?

Ragionate,

Son sincero,

Ma non tutto

Per intier.

Oh, la cosa

Portentosa,

Che si vede

E non si sa!

Pur l'imbroglio

Saper voglio

Netto netto

Come va.

La natura

Molte cose,

Vuole ascose

Far restar.

Ma, sorpresa,

L'appalesa,

Le fa all'uomo

Penetrar.

Dunque udite

Quel che dico,

Bell'intrico

Che s'ordí!

Tutt'i corpi...

Piano, piano,

Che la testa

Non sta qui.

Tutto quanto

Sono stanco.

Ma badate...

Che dirò!

Eh, lasciate

Che vi parli

Franco franco,

Come so.

In questo globulo,

Che soglion gli uomini

Chiamar terraqueo,

Non tutti serbano

Natura elettrica.

Quel cor magnanimo,

Che i piú reconditi

Recessi penetra

Dell'ammirabile

Natura provvida:

Vedrà con giubilo,

Tra quanti trovansi

Enti palpabili,

Che un vasto numero

Non sono elettrici:

Che sol conducono

Quello che dicesi

Vapor fulmineo,

E nelle viscere

Non mai l'attraggono.

Tra corpi simili

Se l'uomo ponesi,

La controversia,

Che par difficile,

Soluta trovasi.

Vedrai tu placido

In mezzo al celere

Corso pestifero

Di quel malefico

Starne Panfilio;

E sol Polibio,

Gravato il misero,

Abbenché trovisi

Lontan dall'empio

Piú miglia tredici.

Ahi quanto cruciani,

Ninfe vaghissime,

Se il Ciel concessevi

Natura simile

A' corpi elettrici.

Verranno a tumola,

Non v'è piú dubbio,

I sguardi lividi

A farvi misere

Senza risparmio.

E come i fulmini,

Senza mai ledere,

Pe 'l filo tenue

Di ferro o cupreo

Ne scorron rapidi,

Cosí gli effluvi

Sempre s'aggirano

Ne' corpi vari

Finché poi giungano,

E voi colpiscano.

Da me vedetelo:

Sono bruttissimo,

Noioso e squallido,

E già m'aggravano

Gli occhiacci fetidi.

È certo indizio,

Che in me predomina

L'impercettibile

Che di que' perfidi

Raccoglie i fulmini.

PROSA SESTA

SUI SEGNI DE' JETTATORI

ALLE BELLISSIME E VEZZOSISSIME DONNE

Voi, bellissime e vezzosissime donne, coll'amabilissima presenza vostra vi attirate sopra l'attenzione de' riguardanti e vi esponete del continuo ai malefici effluvi de' jettatori; io, all'incontro, null'avendo di che alimentare gli sguardi altrui, mi trovo al par di voi infelicitato da' medesimi, e forse forse assai piú ne sostengo la violenza. La figliola di Inaco, che da morbida e vezzosa donzella si vide in vacca tramutata, benché la sentisse nel piú vivo del cuore, confortava però la trista mente colla rimembranza della cagione che tratta l'aveva al colmo delle disavventure; ma Atteone, il povero Atteone, quando si vide mutato, traviato, perseguitato, tutto era per lui oggetto di duolo, né li rimaneva di che consolarsi. Comprendete adesso, vistosissime donne, dalla vostra la mia disgrazia: e se animate il mondo coll'ardore de' vostri lumi, e ricreate i riguardanti colla soavità de' vostri vezzi, date vi prego un'occhiata nel fondo del mio cuore, e vedete se questa reputar si debba di quella di gran lunga maggiore.

Ahi, che troppo, troppo piú acerbo è il mio del vostro caso! Voi ritraendo conforto dalla dolce rimembranza delle bellezze vostre, avete almeno nelle sciagure un balsamo, che allenisca le piaghe apertevi da' jettatori; io all'incontro non avendo di che consolarmi, non vedo che desolazione e sconforto. Or questo mio presentimento di disgrazie, questa mia penetrazione di pene, quest'acerbità di duolo, mi ha penetrato lo spirito ed ha fatto che, immergendomi negli abissi della natura, mi conducessi laddove è vietato a' mortali.

Non è questa la prima volta che cose incredibili a dirsi tentate si sieno dall'uomo. Orfeo, penetrato dalla perdita della bella Euridice, tentò l'ingresso alle affumicate porte ed ardí strappare l'amabilissima consorte dall'orrenda gola del mostruoso trifauce. Io, calamita de' malefici vapori, vedendomene del continuo coperto, niente meno che il figliuolo di Calliope ho tentato, quasi dissi l'impossibile, ed ho scoperto i segni ne' quali, come in torno, risiede la jettatura. Non credete per tanto, bellissime e vezzosissime donne, che io cose dica oltre l'umana credenza, o che sieno piú agevoli a dirsi che a farsi.

Tutti gli enti, quanti mai sono, a certe determinazioni attaccati si trovano, e dalle note che li caratterizzano ne discoprono l'esistenza, la diversità, la natura che hanno: molto piú poi, e con ragione, ciò si osserva nelle cose che tendono alla rovina di un essere, che fu scopo primario ed unico oggetto nella creazione delle medesime. I veleni distruggitori della nostra vita per la maggior parte si discoprono dall'intollerabile e disgustoso senso che eccitano; i quadrupedi, i fieri quadrupedi che, uscendo dalla tana, minacciano di sbranarci a momenti, scoperti sono da que' teribili ruggiti e spaventosissimi urli che come per necessità tramandano; i rettili stessi, quanto piú celeri sono a lederci, tanto piú ci prevengono coi di loro segni. Quel serpente che in un punto assalta, morde, avvelena, uccide, è dalla natura in tal foggia costrutto che, al ripiegarsi le vertebre, tramanda sensibilissimo suono, onde detto è caudisono, appunto affinché gli abitatori della Virginia ne sfuggissero l'incontro.

Ma che dico, parlando degl'insensati animali, se gli uomini stessi traspirano ne' loro volti l'interno dell'animo e segni danno da conoscerne la pervicacità e cattiva indole che covano! Quel monticello che osservate là, nel mezzo del naso, a giudizio d'un accorto scrittore vi avverte dell'astuzia di colui che l'ha sortito; quelle fossette che, ridendo, formano nelle guance que' tali, ce li danno a vedere per menzogneri; i nei, i nei stessi, ornamento e vezzo delle vostre bellezze, sono non dubi indizi delle vostre inclinazioni. Ed oh mi fosse qui permesso di parlar franco, come vi spiegherei ben volentieri l'arcano e vi farei fil filo vedere che da' soli nei le vostre debolezze si scoprano; ma come forte dubito che qualcheduna di voi se l'avesse ad aver per male, cosí tal punto accortamente tralascio. Potrete ora credere che la provvida natura, cotanto attenta in discoprirci l'indole, le inclinazioni, ed i geni degli uomini, abbia voluto poscia trascurare di darci i segni donde con certezza si potessero arguire i veri e tremendi assassini dell'umanità? Mai no, vezzosissime donne; ella ha saputo sí bene delinearli, che non v'abbisogna fuorché l'osservazione per lo discoprimento de' medesimi. Se voi starete meco, vi farò toccar con mani ciò che forse impossibile vi rassembra.

Ed allora sí che, vedendovi attorniate da' giovanetti leziosi, che liquefacendosi alla vista della vostra portentosa bellezza, co' malefici sguardi e venefiche parole, senza accorgervene affatto voi, vi uccidono, non già compiacendoli ed instigandoli coi vostri assai piú penetranti e vivaci, come faceste sin'ora, gli adescarete, ma, rintuzzandoli con valevoli antidoti, li fuggirete niente men che la peste. E voi, mia bellissima e vezzosissima Nice, se minimo indizio in me trovate, donde sospettar potreste esser io grande o piccolo jettatore, deh, fuggitemi, ve ne supplico, evitate le disgrazie vostre colla mia perdita. E se crederò di morire, sarò pure costante in mai piú rivedervi. Chi sa! Sonovi anche degl'innocenti assassini: fanno del male senz'avvertirlo; fossi mai io uno di quelli? Mi osservaste forse per tale? Fu questo forse il motivo che intiepidí quell'amore che una volta a me dimostraste? Ah, mia amabilissima Nice! E forse non piú mia a quest'ora: se mai questo fu il motivo della freddezza vostra, estinguete, vi prego, le fiamme che per me concepiste, quando anche piccolissima scintilla ne fosse rimasta, poiché io non bramo che il vostro bene e non mi curo vivere senza speranza di mai piú rivedervi, qualora questa mia disperata vita dovesse recarvi vantaggio o liberarvi almeno da angustie; ma se poscia non trovarete in me questo grand'argomento di pene, perché mai obliarmi?

Voi, al pari di tutte le altre bellissime e graziosissime donne, siete riguardata, ammirata, distinta, e però coll'altre tutte vi veggo nel continuo pericolo della jettatura. Affinché dunque non vi avvenisse come alla disgraziata Euridice, nel dilicato piede trafitta, vi additerò le foglie dell'odoroso cespuglio che la malnata biscia ricuopre, e quando una sola di queste in me verdeggiare vedrete, abbandonatemi, che vi perdono. Voi, vezzosissime donne, ascoltatemi intanto, che vi darò il modo di scoprire i perfidi ed empi jettatori. Ecco, che la scienza tutta vi appaleso, e

Facil si rende poi, bench'aspra in prima.

Voi non dovete che minutamente osservare le persone che vi attorniano. Con poco che vi farete riflessione, li ravviserete a prima giunta: adunque uditemi, che

Non a caso è virtute, anzi è bell'arte.

CAPRICCIO VI

Donne mie belle,

Se mi sentite,

Voi cose udite

Ch'han da piacer.

Non son novelle

Ora venute

Da Calicute

O da Nieper,

Ma son le note,

I certi segni

Di quegl'indegni

Che san jettar.

E qui carote

Io non vi vendo:

No, non intendo,

Donne, burlar.

La cosa è seria:

Sentite tutti,

E grandi e putti,

Consigli do.

Filli e Valeria

Jettan' a paro;

È caso amaro,

Ben io lo so.

Ma se trovate

De' malefizi

I cert'indizi

Che vi spieg'or,

Deh, le scacciate:

Io non v'inganno,

La jetteranno

Senza timor.

Quella fantesca

Alta e paffuta,

Se vi saluta,

Dubbio vi sta.

E s'ha gli occhiacci

Di sanguinacci,

Non vi rincresca

Vi jetta già.

54

Quella damaccia

Corta di schiena

E piena piena,

Lunga di pié,

S'agli occhi tiene

Lippo ed arene,

Non vi dispiaccia,

La jetta affé.

S'ha la damina

Ciglia inarcate,

Quando cammina

Lesta se va;

S'ha gli occhi loschi,

I capei foschi,

Non vi sdegnate,

jettando va.

S'ha quell'il volto

Schiacciato molto

E nero nero,

I denti in fuor;

E s'aquilino

Tien il nasino,

Io dico il vero,

Vi jett' ancor.

Quell'omicciotto

A bussolotto,

S'ha naso a fico

E pancia su;

Il capo a zucca,

Porta perrucca,

Il vero dico.

La jetta piú.

Quel bianco bianco,

Occhio infocato,

Mezzo sbarbato,

Capo a tambur:

Se li dà fine

Sul ciglio il crine,

Vi parlo franco,

La jetta pur.

S'in volto ha tarlo

E tondo il mento,

Vi parl' a stento

Senza guardar,

Ciglie ha di gatto,

Occhi di matto,

Franco vi parlo,

Vi sta a jettar.

Di poi fuggite,

Donne mie care,

Lagrime amare

Chi mai versò,

Chi lod' a guazzo,

Ride da pazzo,

In fin fuggite

Chi vi turbò.

PROSA SETTIMA

SUI MEZZI DI PRESERVARSI DELLA JETTATURA
A' MALVAGGI JETTATORI

Eccovi scoperti, o perfidissimi jettatori. Voi che, sovvertendo l'ordine delle cose, riempite il mondo di duolo, discacciati un giorno dall'umano commercio, come que' che non fanno che assassinare, piangerete soli le disgrazie che i vostri puzzolentissimi effluvi, i velenosi sguardi e l'accesa vostra fantasia tentano di rovesciare sugli altri. Io al certo vi compatirei, jettatori esecrandi, se ravvisass'in voi un innocente delitto, ch'è quanto a dire, se dalla natura cosí formati, senza saperlo la natura stessa, offendeste. Ma, ahi, che voi, empi piú dell'empietà medesima, famelici de' nostri danni, divoratori de' beni altrui, comprendete a capello non solo quanto ci arrecate di danno, ma anelanti, niente meno che cervi per le chiare sorgenti, in traccia andate delle piú belle occasioni per infamarvi. So molto bene che sianvi degl'innocenti assassini; ma non ignoro fin'anche che una moltitudine di jettatori, conscii di quel che fanno, apprendono per proprio bene i danni che arrecano ad altri. Io dunque di voi parlo, e solo a voi diriggo i miei detti, che nella classe di questi ultimi vi rattrovate.

Voi vi lusingate sin'ora:

Topi indegni, che non si trovi un gatto

Che tutti quanti uccida, tronchi e strozzi

Ed un non lasci per semenz'affatto.

Ma v'ingannaste all'in tutto. I segni co' quali marcati siete dalla natura, vi appalesano al mondo. Ognuno ravviserà in quelli la malignità di cui siete aspersi, e da ora in avanti non vi sarà chi satollasse piú i vostri sguardi; ognuno fuggirà la vostra presenza ed, allarmati tutti contro di voi, vi cacceranno in fine nel piú rimoto angolo della terra. Se fin'ora, empi rovesciatori della natura, franchi scorrendo, saziaste le ingorde voglie, da ora in avanti, tra stretti confini riposti, piangerete anzi che apportare ad altri le non lievi sciagure. Io,

Tanto è l'odio intestino, io giuro Apollo,

Che porto al vostro popolo insolente

Non mai di male oprar pago e satollo,

mi protesto che sarò sempre vostro implacabile nemico, né cesserò di perseguitarvi, se il mondo non vedrà distrutta affatto la vostra malvagia genia. Sappiate che, se applicato mi sono sin'ora a disporre i segni co' quali stimò natura tenerci avvertiti dell'indole perversa che avete, da questo punto innanzi attenderò ad individuare i mezzi co' quali vi potessimo rovinare all'intutto. Tante diverse sperienze ed osservazioni ho sopra di voi io fatte, che posso francamente attestare di essere in mio potere con che rintuzzare i vostri attentati, snervare i vostri malefizi ed impedire i vostri fantastici voli. E per darvene una evidente ripruova, ecco che al mondo intero lo annunzio, e per marcio vostro dispetto partitamente ne parlo. Voi, ciò vedendo, vi avrete a rodere di rabbia, vi avrete ad imperversare con meco; fatelo pure, che non mi curo unquanco. Ho finalmente rinvenuto lo scudo incantato, su cui si frangeranno i vostri dardi. Non temo piú di voi, anzi se fin'ora bersaglio fui de' vostri velenosi effluvi, da ora in avanti, mutato l'ordine, voi lo sarete delle mie osservazioni e pensamenti

CAPRICCIO VII

Se non vuoi aver paura

Dell'orrenda jettatura,

Tu le spille tutte quante

Venti miglia getta innante,

Né vestir seta, e metallo

Non portar, né mai cristallo.

Tira questo a fiocchi a fiocchi

Il vapor ch'esce dagli occhi

Di que' perfidi margutti:

Sono quelli tutti tutti

Degli effluvi, che son tratti

Conduttori già ben fatti.

Donne mie, non vi lagnate,

Come me, se in asso state:

Siamo noi sicuri almeno

Malefizi aver di meno,

Che quell'oro e quell'argento

Se li port'a cento a cento.

Nice mia, quel rio vapore

Fuggirai, se 'n tutte l'ore,

Senza ferri e senza brine,

Il tuo molle e biondo crine

Ed il seno schietto schietto

Di metalli porti netto.

È piú tempo d'Eremita,

Una veste m'ho cucita;

Ora penso li bottoni

Trarli tutti sani e buoni,

Ch'ho veduto l'arso legno

De' vapori esser sostegno.

Cari miei, s'avete voglia

Di star cheti, e senza doglia,

L'artemisia in quantitate

Di portar non vi scordate,

Che vi salva e v'assicura

Da potente jettatura.

Nell'uscir dal vostro letto,

La mattina su del petto

Ben tre volte vi sputate;

Quando poi vi pettinate

I capei, che son condutti,

Li sputate tutti tutti.

I ritagli ancor dell'ugne

Chi con cera ricongiugne,

Ed appesi port'in dosso,

La sua pelle salva e l'osso.

E del dattilo il nocciolo

Con del sale basta solo.

Se sarete in lieta danza,

Io comprendo ch'abbastanza

S'elettrizza quel vapore,

E si spicca con furore:

Piú bisogno avrete allora

Chi dal duol vi scampi fuora.

Vi consiglio di portare

Ed aver tre cose rare

D'un defunto, già parente,

Un po' d'osso o qualche dente,

Che congiunto alli capelli

Snerva pur gl'influssi felli.

Quando certi poi sarete

Del velen, che già temete,

Ecco qui che manifesto

Un rimedio lesto lesto:

Voi farina miel e sale

Mangiarete in part'eguale.

S'avvien poi ch'andate a gioco,

Siate accorti a prender loco

Lungi assai da candelieri:

Dalle dam'e cavalieri,

Che van colmi di bitumi

E di balsami e profumi.

Non vogliate creder poi

Un anello, o pure doi,

Ch'han legato un dïamante,

Vi disgombrin tutta innante

Quella peste acerba e ria,

Senza danno che vi sia.

Molto men che l'erba ruta

O l'ortica acut'acuta

Facci' a voi venir le carte

Con guadagno d'ogni parte;

L'ho provat' e sono stato

Tutto quanto sbaragliato.

D'una cosa traggo al gioco

Io vantaggio poco poco,

Ed è questa, l'appaleso:

Di sputar quand'ho del peso

Sulla scarpa del piè diritto,

E poi starmi zitto zitto.

Qui non parlo di biglietti,

Talismani o pur versetti:

Sono cose che non credo

E che ad altri non concedo,

Benché sappia che natura

Spesso a noi le cose oscura.

Io v'ho detto sino ad ora

Ciò che manda alla malora

In un modo generale

Quell'afflusso sí bestiale

Per non esser voi jettate,

Vaghe donne innamorate.

Ho scoperto a' giocatori

De' secreti anch'i migliori

Per non perder tutti quanti

Hanno indosso de' contanti.

Or v'ho dire a classe a classe

Qual rimedio s'adoprasse.

Se venisse innante quella

Alta troppo, e paffutella,

E cogli occhi grossi grossi

Vi jettasse dentro l'ossi,

Voi prendete del terreno,

E gettatelo nel seno .

La damaccia, ch'ha la schiena

Corta corta, e piena piena,

Se a jettar staravv'intanto,

Voi prendetevi del guanto,

Ed in petto lo ponete

O la fronte vi cingete.

Se colei venisse in fretta,

Vi colpisse qual saetta,

Ch'ha capelli foschi foschi

E gli occhietti tutti loschi,

Presto presto senza fine

Voi sputatela sul crine.

La midolla che si vede

In un lupo star nel piede,

E del nibbio il grosso nervo

Colla polve cornucervo

Voi prendete, ed in pomata

Riducete ben salata;

Fate poscia con del succo

Di verbena uom di stucco,

Ma ch'avesse in petto un neo

Nella forma d'Agnusdeo,

E ben bene foderato

Lo portate sempre a lato:

Vi preserva in fede mia

D'ogni fascin'e malia,

Che dell'uom possa venire

Per dispetto, invidia od ire.

Da quel punto che l'ho fatto

Me ne vedo immune affatto.

Or vo' darvi de' ripari

Per que' casi che son rari,

Se vi guardan fiso fiso,

E vi jettano col riso,

In quel punto lenti lenti

Voi mostrate tutti i denti.

Se poi viene un susurrone

E lodando vi scompone,

Presto il pollice volgete

Sotto l'indice, 'l tenete

A lui ritto ritto in faccia

Sin che parti, ovver si taccia.

Vi son poi de' mascalzoni,

Asinini e farfalloni,

Che ronzando sordi sordi,

Benché sian de' piú balordi,

Col parlare lor bestiale

Far ci vogliono del male.

Questa razza non si cura,

Che non è da far paura:

Sono certi bricconcelli

Scimuniti e buffoncelli,

Ch'ad un colpo di bastone

Si fan stare a discrezione.

67

Ecco dunque, passo passo,

Che siam giunt'in faccia 'l sasso,

Ho vuotata la bisaccia,

E uop'è ch'adesso taccia.

Scusi qui, chi s'è turbato,

Il mio gusto depravato.

AL BENIGNO LETTORE

In un guazzabuglio d'idee, dove niun ordine si è osservato, recar non vi deve maraviglia, cortese lettore, se io, contro la costumanza comune, venga a voi in ultimo a parlare. So molto bene il luogo che vi convenga, e so ben anche qual rispetto a voi debba lo scrittore. Ma in una produzione dove la penna è scorsa a guisa di fiume, senz'accorgersi mai del cammino se non quando è giunt'al termine, non poteva per voi occuparsi prima di pervenire alla meta. I Capricci che vi ho presentati non dirò, com'è solito di dire, che scritti furono ad oggetto di sollevarmi nell'ozio. Non conobbi sin'ora momento in cui dir mi potessi abbandonato a me stesso: tempo cosí felice è concesso a coloro che non vengono da jettatori guardati: io che lo sono, pur troppo, non l'ho provato giammai. Gli ho scritti adunque in mezzo alle occupazioni piú serie, in mezzo alli piú seri pensieri, e con tal folla, che non rimanendomi di libero fuor che pochi momenti del dopo pranzo, questi soli nel cortissimo giro di una settimana vi ho impiegati. Una produzione dunque non esaminata, non corretta, non pensata in prima, e con celerità incredibile mandata ne' torchi, non meritava di presentarvisi con prevenzione ed inviti. Che se poi ha saputo per sorte tirare la vostr'attenzione, con farsi leggere sino a questo segno, non dirà la medesima:

Nec sum adeo informis: nuper me in littore vidi;

dirò ben io di avere acquistato il diritto di essere, qui da voi ascoltato: non cosí se vi foste annoiato alle prime. Non vorrei per tanto che mi credeste ardito e confidente con voi, se vi ho presentato parto di pochissime ore. L'oratore romano diceva: «Uccelli e pitture fatte in un giorno sono sommamente divini»; ed uno spartano ripeteva spesso: «Noi offriamo cose comuni per potere avere ogni giorno i modi d'onorare gl'Iddii». Se adunque apprendiate questa come un parto estemporaneo, sarà certamente degna della vostra osservazione; se come una produzione comune, la frequenza colla quale vi si presentano le cose mie ve la renderà gradevole.

L'oggetto che ho io avuto nel pubblicarla, è stato solo di presentarvi un quadro fedele, dove effigiato vedeste al vivo la jettatura, le maniere colle quali opera, i principi che la producono, i segni co' quali si manifesta, i jettatori medesimi ed i mezzi co' quali preservarvene. Nulla pensai alla bellezza de' delineamenti. Un quadro formato a guazzo non può presentare che gli oggetti all'ingrosso: le misurate distanze, i delicati profili appartengono a pitture di diversa specie. Qui forse ritrovaste il poeta; per tale mi ha riconosciuto almeno l'Arcadia, onorandomi fin'anche col possesso delle Campagne Salaminie; ma dirò franco: lo sarei, se non me l'avessero proibito le scienze astratte alle quali mi son sempre applicato. Permettetemi, che cambiando il nome di Fiorenza in quello della mia dolce Patria, perché

Dulcis amor patriae, dulce videre suos,

vi parli qui coi concetti del celebre Petrarca, che si uniformano a meraviglia co' miei:

S'io fossi stato fermo alla spelunca

Là dove Apollo diventò profeta;

Man[duria] avria fors'oggi il suo poeta

Non pur Verona e Mantova ed Arunca.

Ma perché 'l mio terren piú non s'ingiunca

De l'umor di quel sasso; altro pianeta

Convien ch'i segua...

Che voglio dire con questo? Intendo dire che i miei capricci non formano cosa che avessero del raro; anzi temo che molte macchie, ed inavertenze forse occorse, li facessero affatto scomparire. Una musa distratta produr non può forbite composizioni. Voi che sapete che

Carmina secessum scribentis et otia quaerunt,

e che del continuo sono io in complicate, astratte e diverse interessantissime produzioni occupato, mi degnarete, lo confido, del vostro compatimento. Se vi saranno poscia di que' che accanitimi contra, sdegnano di accordarmelo, abbiateli per jettatori. Troppo dispiace loro l'esserne stati svelati: vorrebbero addentare, distruggere il liscombro che ha posto a giorno i loro malefizi. Allora:

Deh, perché il libro non mi squarci o macchie,

Lettor, prendete i sassi e state all'erta,

E spaventate via queste cornacchie.

Ad ogni modo concedetemi la gloria di essere io un costante persecutore della jettatura, e di averne scritto ad oggetto di giovarvi. Se questo mi accordarete, io non pretenderò altro da voi. Vivete felice.